이현정 열세 번째 시집

웃음꽃 향기

이 도서의 국립중앙도서관 출판예정도서목록(CIP)은 서지정보유통지원시스템 홈페이지(http://seoji.nl.go.kr)와 국가자료종합목록 구축시스템(http://kolis-net.nl.go.kr)에서 이용하실 수 있습니다.
(CIP제어번호 : CIP2020046157)

이현정 열세 번째 시집

웃음꽃 향기

한누리미디어

| 머리말 |

숫자도 인상적인 2020년에 들어서면서 코로나19 바이러스가 세계적인 재앙꺼리로 자리 잡았다.

가뜩이나 위축된 사람들을 향해 외출을 삼가라, 모임을 말라는 문자 지시가 수시로 도착을 알리는 가운데 마스크대란이 일어나고 의료공백 수모가 닥치고 공동묘지 부족현상이 빚어지건만 비극의 끝이 보이지 않는 나날이다.

언제나 뒤처진 삶을 살아온 나 또한 정신이 번쩍 드는 독거노인 생활에 접어들었다.

오로지 나만을 위한 일상이 묘하다 못해 밤과 낮이 엎치락뒤치락, 그래도 처음으로 맛보는 자유와 평화가 기대를 웃돈다.

이마는 땀에 젖어도 다리는 시리건만 날마다 새날로 남은 날의 찡한 세상맛이 한 상 가득인 것이다.

숨을 쉬는 선율 같은 놀이 와중에 보이는 사람이 다 바람막이 구실을 해 주는 것 같은 시점이다.

치매가 앗아간 친구들이 그 어느 때보다 그리워서 더욱 그렇다.

아무런 기대도 희망도 없이, 그러나 울렁출렁 감사하는 마음으로 열세 번째 시집을 엮는다.

모두가 살맛나는 세상을 위해.

2020. 10. 10.

강화 갑룡공원에서

차례

머리말 · 8
발문/ 삶, 그 소중한 문학인생 _ 김재엽 · 160

제1부 화려한 동거

019 … 화려한 동거
020 … 웃음꽃 향기
021 … 시간의 사치
022 … 무엇으로 웃지?
023 … 별은 빛나건만
024 … 기억의 길
025 … 위험한 성공
026 … 허수아비 거인
027 … 화끈한 사랑

제2부 기약 없는 기다림

031 … 기약 없는 기다림
032 … 갑룡공원
033 … 공간이 그립다
034 … 거리두기
035 … 농담 속 진담
036 … 무던한 상대
037 … 한심한 깨달음
038 … 길들여지기
039 … 중력이란 괴물

Contents

제3부 시를 통해 나를 안다

043 … 시(詩)를 통해 나를 안다
044 … 길 위의 보금자리
045 … 한로(寒露)에 한마디
046 … 공허
047 … 어인 결말인가요?
048 … 후미진 곳에서
049 … 어린 희생자들 앞에서
050 … 고발에 이은 증언
051 … 복지시설 같은 봄

제4부 하루가 나뉘는 순간들

055 … 진정에 주린 정신
056 … 코로나 사태
057 … 하루가 나뉘는 순간들
058 … 캔버스 속사정
059 … 사람의 노예근성
060 … 비의 넋두리
061 … 숨은 입장정리
062 … 거짓말 겨냥
063 … 반작용에 대하여

차례

제5부 휴일 같은 삶

067 … 휴일 같은 삶
068 … 일생의 구실
069 … 찾노라면
070 … 노래가 있어
071 … 내일 넘어 내일
072 … 겨울 고요
073 … 감동 맛보기
074 … 기다림의 미덕
075 … 같은 듯 다른 가치

제6부 누워서 보는 하늘

079 … 추억 추적
080 … 공감 얻기
081 … 한강변 길
082 … 음악에게
083 … 곧추선 새벽 두 시
084 … 나무의 몸값
085 … 누워서 보는 하늘
086 … 출판물 앞에서
087 … 겨울나기

Contents

제7부 막연한 그 무엇

091 … 새봄이 오니
092 … 서로 또 따로
093 … 한해살이 봄
094 … 아지랑이 피는 노래
095 … 나를 벗는다
096 … 부부 귀중
097 … 막연한 그 무엇
098 … 색깔놀이
099 … 단호한 다짐

제8부 내 마음의 봄바람

103 … 내 마음의 봄바람
104 … 안개 속에서
105 … 늙은 벚꽃나무
106 … 바람의 장난
107 … 나무는 힘들어
108 … 한의 한해
109 … 상상의 세계를 숨 쉬는 우리
110 … 독방차지
111 … 화면 속에 가을

차례

제9부 겨울이 몸살을 앓는다

115 … 겨울이 몸살을 앓는다
116 … 건강 챙기기
117 … 고수와 꼼수
118 … 날씨 따로 정세 따로
119 … 노인이 아름답다
120 … 진실
121 … 어인 일인가
122 … 소녀적 마음
123 … 겨울인데도

제10부 때 늦은 깨달음

127 … 창밖에 영광
128 … 무엇으로 사는지
129 … 갈증
130 … 색다른 조짐
131 … 문병 온 바람
132 … 감미로운 행복
133 … 은밀한 고초
134 … 둔갑한 겨우살이
135 … 때 늦은 깨달음

Contents

제11부 서툰 사랑

139 … 서툰 사랑
140 … 사랑이 묘하다
141 … 기쁜 논조
142 … 독사진
143 … 공든 탑
144 … 온정어린 연륜
145 … 새해맞이 기쁨
146 … 생애의 결산
147 … 들뜬 가을

제12부 세상 맛보기

151 … 건널목 그대
152 … 사는 게 사는 게 아니다
153 … 의존형 부러움
154 … 신념이란
155 … 겨울 그 깊은 뜻
156 … 세상 맛보기
157 … 정말로
158 … 2020년 2월 20일 2시 20분 pm
159 … 절반의 가면

제 1 부

화려한 동거

화려한 동거

웃음꽃 향기

시간의 사치

무엇으로 웃지?

별은 빛나건만

기억의 길

위험한 성공

허수아비 거인

화끈한 사랑

화려한 동거

나와 동거 중인 외로움이
바야흐로 햇살 속을 헤엄치고 있다.

착각 속에 얇은 미소가
화음을 일으킬 즈음

성가시지 않은 상대의 또 다른 이름으로
내 안에 그리움이 입덧을 한다.

홀몸이 아닌 속내 못지않게
태어나지 못한 이야기가 많아

갈수록 화려한 동거의 양상이
남은 밤길 아픔마저 잊게 한다.

웃음꽃 향기

함부로 멀어진 모임을 위해
선의로 움츠린 모두를 위해

어디선가 빚어지는 웃음소리는
그윽하기 이를 데 없는 사람의 향기다.

아주 없는 것도 아니면서
영 있는 것도 아니어서

행복을 머금은 웃음꽃 피는 곳에
더불어 사는 덕목이 있다.

시간의 사치

바깥으로 나돌아야 살맛나는 계절임에도
방콕, 집콕이 서로를 지키는 미덕이란다.

TV 프로그램에 정통한 수준이 되어
간접체험 호사를 누리는 중에

고된 길을 기껍게 걷는 이들 뒤를 따라
지구촌 품안을 파고들었다.

미생물 세계 신비경에 이끌려
명품 옷 입은 시간을 만난다.

시간의 사치에 눈뜬 안목은
투명한 보석이 되어간다.

무엇으로 웃지?

웃으면 복이 온단 말을 믿지만
코로나 사태 남루한데 무엇으로 웃지? 하니
귀 밝은 바람이 나뭇잎을 기차게 웃기고 있다.
어찌 따라 웃지 않으리.

빗소리가 장난이 아니다 하고
돌아서는 마음에 장단이 짚인다.
창에 벽에 땅에 닿은 빗줄기가
마구잡이 신명을 부른 것이다.

그게 웃을 일이냐고 말만 해 봐라
골라 웃을 일 있냐고 웃겨줄 테니
위기에 강한 마음 씀씀이로
위로하는 한마음 웃음꽃씨 뿌리자.

별은 빛나건만

기다리는 통일기류는 끄떡도 않고
엇비슷하게 불거진 신종 바이러스가 기회를 좀먹는다.

밤을 맞는 심기가 가뜩이나 심란한데
생각의 닻을 내릴 길마저 막혔어라.

죽기 전에 만나리란 조바심을 비웃듯이
그새 통일은 틈새 의욕마저 숨겨 있고

먼데 개 짖는 소리에도 곤두서는
대내외 정치판세 역겨워라.

그래도 막무가내 우리의 별들은 빛난다.
국제경쟁 무대에서, 문화시민 광장에서

각양각색 명성을 떨칠 때마다
세계인의 갈채 속에 민족의 긍지가 꿈틀거린다.

기억의 길

남쪽에서 꽃소식 전해 오는데
돌아오지 않는 사람 생각이 난다.

기억의 길에서 꽃이듯 만나
간절한 한 때를 가져봤으면.

위험한 성공

오늘은 10월 10일
2020년 숫자의 호감이 겹치는 날이다.

금싸라기 같은 시간을 쌓는 우리와는 달리
존엄에 주눅 든 북녘 분위기는 딴판이다.

예고한 대로 자정에 벌어진 별천지 연출은
한해살이 전기를 하룻밤에 몰아 쓴 황홀경이다.

'너 죽고 나 죽자' 는 초대형 무기 앞에
활짝 웃는 웃음이나 화들짝 놀란 가슴이나

혼 빼기 작전에는 충분히 성공했다 하겠다.
고난에 찌들대로 찌든 인민에 있어서랴.

허수아비 거인

대화가 실종된 지 오래이언만
가을이 짙어지는 유감 때문에

눈을 부라린 침묵이
나를 응접실 거인이게 한다.

믿어지지 않는 세월을 묻고
꿍꿍이속으로 울어주는 풍경은

과거의 감회를 나누어 가지려다
빗금 친 오류를 예술이게 한다.

화끈한 사랑

미스터 트롯 화면의 열풍을 보라
듬직하고 발랄하고 믿음직한 개성들이
거리두기 지침이 앗아간 건강을 되찾게 한다.

연일 이어지는 멋과 맛에 사로잡혀
보고 또 보고
화끈하게 웃다가 눈총 맞고 또 웃는 나날이다.

감칠맛이 남다른데 어느 한 사람을 골라잡으랴
새 시대 감성과 한결같은 기량에 갈채를 보내노라니
모두가 주인공인 어깃장 놀음마저 달고 맛나다.

염치없지만 나 아무리 늙었어도 언니인겨.
미스터 트롯 열정을 재탕 삼탕 하면서도
맞불을 지피는 홍이 담을 넘거든.

제 2 부

기약 없는 기다림

기약 없는 기다림

갑룡공원

공간이 그립다

거리두기

농담 속 진담

무던한 상대

한심한 깨달음

길들여지기

중력이란 괴물

기약 없는 기다림

나만의 낙원에서 가꾸어져
유기농인 생각이
계절에 상관 없는 윤기를 자랑한다.

홀로 여민 하루가
여럿을 거닐던 옛날에 중독되어
홑인 듯이 포개진 겹사랑일 줄이야.

오해가 불러들인 이해가 짝을 이뤄
시간 절로 나 절로
기약 없는 기다림이 해를 묵힌다.

예방도 퇴치도
전문가 몫이라는
역병에 밀린 추세 뒷전에서.

갑룡공원

오랜 기다림에 호응이라도 하듯이
강화군에서 조성한 갑룡공원이
아파트 맞은편에 아기자기한 시설을 갖추었다.

중앙에 키 큰 소나무 행렬이 압권이어서
찾아드는 주민을 통틀어
주인이라 일컫는 인상이다.

가족사랑이 노골적인 놀이마당 곳곳에서
찡하게 예쁜 아가와 이웃을 익히는 기쁨은
엉뚱하지만 희귀한 선물꾸러미다.

여름 해 뜨기 전 나날이 새롭게
겨울 해 저물기 전 노을빛이 복되게
얼기설기 엮이는 연륜이 사철 흐뭇할 전망이다.

공간이 그립다

가르침이 있고 배움이 있어
사람의 훈기로 가득 찼던 교실이 그립다.

주름진 웃음을 남발하면서
손바닥이 얼얼하도록 박수쳤었지.

흐뭇하게 듣고 어설피 노래했어도
그립다 못해 밤낮을 가리는 공간이 설렌다.

코로나 여파가 삼킨 기회는
눈물겨운 기력마저 앗아가려나.

거리두기

갈지자걸음 걷는 아쉬움이
사무친 울음 우는 외로움을 만났다.

걸음을 멈추었을 뿐인데
울음이 그쳤다.

거리두기에 나선 지겨움이
지침을 행사한 것이다.

제대로 된 옛적 고마움이
언제나 손잡고 열린 가슴광장을 누빌거나.

농담 속 진담

노인은 어린아이 같다기에
순진한 기대가 있었는데
팔순고갯길이 가팔라질수록
바람둥이 사연이 몽땅 내 사정이다.

시간에 갈급하고 사랑에 허기지고
혼자될세라 버려질세라
비릿한 노랫말이 예삿일 아녀
고액권 같은 칭찬인들 이처럼 짜릿할까?

무던한 상대

한세상 끝 무렵에 와서야 안다.
고요가 가진 풍요를!

적막을 달래는 아픔도
나를 숨 쉬는 슬픔도

하루를 운치 있게 하는
색다른 맛이란 것까지.

내 안에 무게를 심어주는 궁금증조차
바위틈을 비집고 흐르는 물소릴 듣는다.

오감을 정감 있게 하면서
무던한 세상 상대로 깨어 있음이라.

한심한 깨달음

감염을 겨냥한 오염이
정신을 장악하기에 이르렀다.

보고 듣고 느끼느니
외진 곳에 있으란 깨달음이 강해서.

즐겨하는 계절이 무르익어 가도
사람 사이 간격은 좁혀지지 않고

닭 울음소리로 이웃을 익힌다.
이렇게 되려고 그렇게 살았던가, 하지 않으매.

찾는 곳에 길이 있다 했던가,
바깥에 사람 잡는 독소 있단 말 이전에….

길들여지기

돌아올 줄 모르는 길로 죽음이 오듯이
사람의 그림자를 물고 시간이 간다.

언젯적 조상이 시간을 낳았나를 생각하다가
어떻게 시작되고 끝이 나는지 모르는 본연으로 돌아간다.

이유 없는 이별의 이야기 같은
잠을 자지 않아도 아침은 오고

밤낮을 가리지 않는 길들이기 한마당에
괄호를 여닫는 우연이 필연을 새삼스럽게 한다.

중력이란 괴물

둥근 지구에 붙어 사는 경이로움을
중력이란 괴물이 베푼다는 생각에
길들여지지 않으면 사람이 돌고 만다.

거꾸로 매달렸어도 똑바로 산다는
부조리가 정당성을 차지한 별에서
선후를 잘못 짚은 설정이 서로를 돕는다.

별이 병들고
공기가 물들고
사람에 중독된 세상 이치와도 같이.

제 3 부

시를 통해 나를 안다

시(詩)를 통해 나를 안다
길 위의 보금자리
한로(寒露)에 한마디
공허
어인 결말인가요?
후미진 곳에서
어린 희생자들 앞에서
고발에 이은 증언
복지시설 같은 봄

시(詩)를 통해 나를 안다

지상 최대의 가치가 거기 있긴 해도
모름지기 고전은 어려워

허물어지듯 여물어가던
곁눈질 사랑이 진심을 어루만진다.

유연하게 대처하다 잃어버린
생애가 숙연하도록

시를 통해 나를 알고
나를 통해 시를 즐긴다.

길 위의 보금자리

자칫하면 허기지고
걸핏하면 부대끼는 사이
조심하는 도리로 살아가는 길.

하루하루가 어김없는
축제의 무대인가 하니
하늘의 은혜 입은 삶이 순하다.

사철은 자랑을 일삼고
사람은 겸손을 가꾸느라
안녕이 뒷전인 보금자리에서.

한로(寒露)에 한마디

감빛깔이 따스해지면서
가을은 스스럼없는 열정을 엿보이고

참은 만큼 각별한 한로를 맞으니
단풍소식에 억눌린 마음마저 붉다.

한심한 세태의 주범을 에워싼
바이러스 시달림은 꼬리를 감췄어도

땅울림을 자아내는 우리들의 줄넘기
고된 결심을 넘어서랴.

겉과 속을 달리하는 열매를 통틀어
널리 거둘 것이 많은 가을이다.

공허

뜬눈의 공허가
유달리 사람을 밝힌다.

속이 비어서가 아니라 주변이 허해서
거의 그렇다.

허공은 언제 보아도 갓 태어난 얼굴에
태고의 순수를 간직한 채다.

고공행진을 거듭하는 공허란
마지막 순간을 물색 중인 영혼의 속성이려니.

어인 결말인가요?

유례없이 길고 강한 장마철이
야행성 폭우라는 유행어를 앞세워
산사태 급류 실종 범람을 양산한다.

처참한 현실은
계속되는 세몰이 집중호우 예보 속에
깊어지는 한숨 뒤로 겹겹이 쌓인다.

정겹기 그지없던 휴가철 어딜 가고
지겹기 이를 데 없는 경고 일색이라니
생태계 울분이 지구온난화를 앞지르는도다.

후미진 곳에서

기술혁명이 연일 놀라움을 새롭게 하는 시대
가장 후미진 곳에 남다른 내가 있다.

나의 무식이 일반 상식을 벗어난 사실은
은밀한 사람만이 아는 나의 애교요, 배짱이다.

첨단기술 사용에 앞서 조목조목 일러주고
함께할 상대를 아예 떠나있었기에다.

황망한 중에 모르는 게 약이라는 썰렁한 가르침이
멀쩡한 나를 바보 편에 속하게 한다.

남이 하는 것 다하고 어느 겨를에
내가 아님 아니 되는 일을 하랴 하면서.

어린 희생자들 앞에서

14세 중학생이 또 집단 괴롭힘에 희생당했다.
병원에 입원한 지 나흘만이라는데

또래들이 저지른 악행은
인간의 탈을 쓰고 말 못할 참상이다.

한두 번이 아닌 사건이다.
짐승도 하지 않는 짓을 한 그들도 사람의 자식이다.

무서운 아이들 속에 무서워하는 아이들이
똑같이 있는 교육현장은 여전히 안녕하신지요.

늦었지만 더 늦기 전에 우리 함께 폭풍 울음 울어야 해요.
우리가 울어야 그들이 잠들 것만 같아서입니다.

고발에 이은 증언

중국산 폐렴공포가 세계의 눈총을 받으면서
자국민 철수에 전세기가 동원되던 때로부터
참아온 불편과 온갖 손실을 비웃기라도 하듯

연일 몸집을 불리는 확진자 통계 때문에
전 인류의 울분에 핏발이 섰다.

오만하고 허술한 선진국형 대처에
발이 묶인 생계가
현대판 장발장 출현을 알리건만

뒷일을 무서워할 줄 모르는 객기가
국경 넘어 삶이 쓰라린 성실을 더럽힌다.

복지시설 같은 봄

지금은 문을 닫은 노인복지시설이
홀로 된 강화살이 쉼터구실을 접었어도

산책길에 확인절차를 거치고서야
허리 시린 한숨소리 잦아든다,

한낮에 사교성은 창밖에 유행 같지만
퇴행성 자각은 어두운 안정에서 비롯된다.

복지시설 버금가는 나만의 봄맞이 다짐인즉
이대로 끝내지 말자는 결의조차 경이로워라.

제 4 부

진정에 주린 정신

진정에 주린 정신

코로나 사태

하루가 나뉘는 순간들

캔버스 속사정

사람의 노예근성

비의 넋두리

숨은 입장정리

거짓말 겨냥

반작용에 대하여

진정에 주린 정신

나름, 산뜻하고 반듯한 자화상을 완성하는데
진정에 주린 정신이 한몫을 했다.

반려동물에 삶의 일부를 양보하지 않고
자연환경에 정신건강을 담보하지도 않고

전통사회 번거로움을 벗어나면서
구김살 많은 수명에 주름을 편다.

억겁의 세월 따라 숨바꼭질 중인
TV 화면 테마기행 프로에 빠져

엉큼한 우주사 미물이 될세라
경계하다가 더 큰 신비에 녹아든다.

코로나 사태

독감 수준이라 얕보던 사람들이
너무 긴 형벌의 시간을 앓는다.

억울한 내 탓, 암울한 남의 탓이
서로의 체면을 구기는 사이

정치 경제 혼란 소동이
지구촌 그 어디에나 차고 넘친다.

변이를 부른다는 바이러스 이름이
방울뱀 소리 소문 같기만 한데

제구실을 못하는 선진국사태가
사람구실 온상마저 위태롭게 한다.

하루가 나뉘는 순간들

전면 창을 채우며
하늘나라 미명은
지상의 문명으로 깨어나고

사람의 하루는
어둠에 억눌린 바가
풀리는 변화로 시작된다.

시간이 색깔을 입으면서
긴장한 빛깔이
가시거리를 당기고 있다.

움직임에 속력이 실리고
얼결에 산을 헤매던 계절이
마을로 내려와 새벽이 나뉜다.

캔버스 속사정

흐렸다 개었다 새치기 중에
하늘바라기 여유를 누리는 봄날

음지에 볕들고 새 마음 돋아나
틀에 박힌 의심증을 풀어헤친다.

캔버스 속사정이래야
덧칠하는 그림이 고작이다.

물갈이 정신은 근본을 잃었는가,
저물녘 나 혼자 어떡하라고.

사람의 노예근성

사람은 모름지기
시간을 받드는 노예근성에 접목되어 있다.

서로의 먹잇감이 아닌 이상
선에 물리지 않으면 점으로 남을 일이지

눈치보고 쩔쩔매다가 제풀에 풀리는 사람은
난처한 문명사회 동행임이 분명하다.

제 갈길 찾기 바쁜 아쉬움에서인지
자기 몫 챙기기에 넋을 잃었음인지.

비의 넋두리

빗발이 굵어져 일터를 벗어난 사람들이
비의 넋두리를
선심 쓰듯 받아들이는 모양새다.

사람의 노고가 주춤한 사이
일손도 씻고
일상의 그을음도 씻고

한숨 돌리는 틈을 노려
여물어가는 살림살이 사정이
흩어진 가족을 다독인다.

비의 조바심이
피곤한 사람의 넋두리를 앗아간
물갈이 현장에서.

숨은 입장정리

이곳저곳 군데군데
각별한 사람이 살고 있는데

안부를 묻기도 전에
상대의 불편이 짐이 되어 돌아온다.

가볍고 무겁고의 차이가 아닐 바엔
나누어 가지라는 기회인데

생각은 왜 늙지도 않는지
후유증에 골몰하다 알맹이를 잃는다.

거짓말 겨냥

웃음 터지게 재미있는 세상주역은 거짓말이다.
행적이 남아 있는 모르쇠 작전은 촌스럽고
칼끝 수사 방해 인사는 좀스럽다.

발뺌마저 뻔뻔스러워 도도하기까지 한 인사들이
정치에 있어서는 그랬다손
교육 일선 사회 풍토 전반에 위해를 가한다.

말잔치로 국민을 속여 선거에서 재미 좀 보나
말 않기로 국법을 농락하여 재판에서 이기나
야비하게 양심을 저버린 꼴끼리 절친이다.

정치를 수치로 몰아가는 일당은 몰라도
국민은 수시로
그들의 입맞춤 양상을 더듬어 도장 찍는다.

반작용에 대하여

노쇠해지면서 초췌해지는 마음과 달리
세상을 바라보는 관점은 해맑다.

대내외 관심사를 벗어나면서
자기입지를 굳히는 길에 이르렀음이다.

어눌하고 답답한 몸가짐일수록
잠재력을 가다듬는 일에 힘쓸 일이다.

백발은 감추어야 할 현상이 아니라
터놓아도 됨직한 대상이 되기 위해.

제 5 부

기다림의 미덕

휴일 같은 삶

일생의 구실

찾노라면

노래가 있어

내일 넘어 내일

겨울 고요

감동 맛보기

기다림의 미덕

같은 듯 다른 가치

휴일 같은 삶

너무 늙은 나이는 없다
나날이 휴일 같은 삶이 있을 뿐.

정붙이들 떠나가고
막연하던 세상이 나를 중심에 두어

풍광 속에
사심 없는 관광객이 되고

시간을 장식하는
순간의 군주가 되었음이라.

기대치를 웃도는 인식이
인품으로 자리 잡은 최후를 누리고자.

일생의 구실

누구에게나 안정을 주는 나무의 일생은
봄이 오면 새싹 얻고
여름을 벅차게 살다가
가을에 결산하고 겨우내 쉬어가지만

사철을 가려 사는 사람은
힘에 부친 짐을 나르느라
얼룩진 철갈이 계획 넘어
해갈이 정신에도 굳은살이 박인다.

나이테가 있고 없고의 문제이런가.
나무는 몸값으로 사람은 밥값으로
헤아려지는 일생이거늘
뿌리굳히기 구실만이 정답이지.

찾노라면

전망 좋은 자리도 비어 있을 때가 있다.
기회는 사람을 가리지 않는다는 뜻을 담고

친구 따라 강남 가던 시절은 지났어도
여가를 챙기는 이들이 늘어

호젓한 시간을 누리기 어렵다지만
찾노라면

뜻밖의 기대가 등터지는 순간을 맞는다.
반드시 바라는 바가 아닌데 보람이 있을 정도로

노래가 있어

군살 없는 마음의 향수를 여미느라
기쁨과 슬픔이
똑같은 아름다움을 노래한다.

말로 태어나지 않은 마음만큼이나
길고 짧은 사연 속
바퀴소리 발걸음소리가 골목을 삼킨다.

이에 질세라 듣도 보도 못한 건강요법 찾으랴
집안을 맴도는 홍청망청 리듬 타랴
허전하고 부질없는 시간과도 이별이다.

내일 넘어 내일

얼고 터지고 미끄러지고
바야흐로 온 천지가 살얼음판이다.

가시 돋친 추위는
내일 넘어 또 내일이 능선이라니

기세등등한 기상청에
믿고 맡긴 기다림의 실밥이 터지겠네.

냉가슴 앓다가 숨진 겨울이
왁자지껄한 말소리에 묻히는 날은 언제일까.

겨울 고요

가루눈이 내려앉아
그림이 되어버린 풍경이
태평세월을 대신하고 있다.

고요가 위안이 될 수는 없어
바람 불어 마땅한데
낌새가 보이지 않는다.

사랑이 없지 않고
사귐이 없다는 생각이
심심풀이를 담보하려나

나름으로 대견한 얼음 얼어
집안에 발이 묶이면
겨울 고요 살붙이 작전에 후회없겠지.

감동 맛보기

사진 한 컷의 감동을 남기고자
인기 있는 곳을 찾아 헤매는 방랑객 앞에

지질학적 속살을 드러낸
지구의 인내심이 역사를 초월해 있다.

빛과 어둠을 번갈아 반기는
렌즈 속의 초점 같은 관심에 힘입은 바.

태고의 흔적은 놀라움에 그치지 않고
줄곧 나를 떠돌이 입자이게 한다.

무덤에 묻히지 말 일이다
유골함에 갇히지 않고 널리 누릴 터이다.

기다림의 미덕

유달리 포근한 소한을 지나고
하루하루 한 발짝씩 봄이 가까워지고 있다.

새벽이 오기도 전에
봄에 눈뜬 생명의 소리가 사방에 번진다.

밤이 길어 몸살 난 메아리들이
이슬로 착각한 서리 머금었나 보다.

배려하는 미덕을 가볍게 본 마음과
참을성이 참다운 계절의 속뜻 사이에서.

같은 듯 다른 가치

마땅한 기회에 접어들었어도
이건 그게 아니라고 버티면서
같은 듯 다른 가치 속에 나를 가둔다.

더불어 살아가는 의리를 저버리고
비상구마저 뒤로 한 채
등 돌리는 사연처럼 구차할까.

사기를 당하면 가진 것이 많은가 보다 하고
시샘을 당하면 오래 살 길 열린다 하건마는
싹쓸이 근성만은 벌하고 싶어라.

외로운 투쟁에서 드물게 얻은 기쁨이언만
우여곡절이 실종된 나머지
아리송한 입지가 나를 그르친다.

제 6 부

누워서 보는 하늘

추억 추적

공감 얻기

한강변 길

음악에게

곧추선 새벽 두 시

나무의 몸값

누워서 보는 하늘

출판물 앞에서

겨울나기

추억 추적

코스모스 흐드러지고
억새꽃 우거지면서
젊음을 묻어놓고 돌아온 길에
버려진 기억이 나의 수사선상에 떴다.

싱싱한 영상 속에
무성한 잡음을
추적하는 추억이 메마른 이별을 고한다.
막연한 가을이면 확연한 흐름이 끝 간 데를 몰라.

공감 얻기

참뜻은 어디에 두었는지
그만 쓰고 놀라는 말이 잦다.

할 일이 없어 편하지 않고
하는 일이 있어 올바른데도

쓰고 싶다고 시가 되든가
익숙한 처신일 뿐이지.

공감을 얻는 일에 연연하지 않으니
형편을 따지고 입지를 묻지 않았으면.

남달리 나다운 기량에 기대어
가뜩이나 왜소한 몸가짐이거늘.

한강변 길

여름이 비켜선 한강변에
공연한 밤바람 분다.

40년을 한결같이 익혀온 불빛이
떠돌이 생각에 체온을 불어넣은 것이다.

멀리 떠나왔어도
하늘빛 사무친 별밭이 보인다.

다시는 돌아갈 길 없는 마음이
이대로 말지 않고

한강에 비늘을 일으키며
나 없는 세상을 숨 쉬는 빛이고 싶다.

음악에게

그 누구도 뿌리칠 수 없는 유혹이 있다면
그대를 향한 쏠림현상이리다.

명곡 속에 잦아들면
소외감조차 아름다운 이변에 드오.

더불어 사는 의미는
고전에서 현대를 관통해 있고

감동에 젖어 사는 음향은
시공을 물들이는 근원이 되오.

영광에 익숙한 그대에 의해
삶의 우여곡절이 신성하나이다.

곧추선 새벽 두 시

빗소리에 떠내려가다 말고 잠을 깼다.

소리만으로 충분히 억센 빗줄기는
방마다 창마다 둘러보게 했지만
다시 잠들 수 없어도
되돌아온 시절 경험이 싫지 않다.

새벽 두 시를 곧추세우는
버팀목이란 사실만으로
혼자 있어도 흐뭇한 마음자리에
인연의 끈이 고무줄놀이를 한다.

빗소리 잦아든 불면의 밤이 철딱서니 정신에 사로잡힐 줄이야.

나무의 몸값

살아서나 죽어서나
매사에 몸값을 하는 나무 앞에

우리들은 애써 밥값을 하고
나잇값을 치르기에 급급하다.

말없이 복을 짓거나 말 많은 복을 빌거나
우리 서로 묻고 답하지 않아서 좋은 사이

저울질 않고 더불어 사는 정성 공히
제몫에 충실한 오지랖을 넓힌다.

서로를 밝히되 서로를 돕는 정신에 못미쳐
고심중인 세상 좀 살려주오.

누워서 보는 하늘

속속들이 성스러운 빛을 품은 하늘을
누워서 누리는 영화(榮華)가 나를 넘치게 한다.

노을 진 순간의 감동이 고작인 일상의 유감 역시
흰 구름과 나란히 회복세를 누린다.

오늘 따라 낮달이 떠서
햇살 고운 여정을 꾸려 봄직하다.

누리는 여유는 하늘에 걸려 있고
지키는 도리는 가슴에 새기면서.

출판물 앞에서

수고를 아끼랴마는
언제나 몸을 사려
남은 것이 없는 듯했었는데

마음을 모아
생각을 캔 결과물이
나만이 아는 선물로 돌아왔다.

화끈한 환절기 비바람처럼
찾아든 책 꾸러미 앞에서
깊숙이 뿌리내리는 기쁨을 안다.

제철 눈보라가 때를 만났으되
몸소 받아들이지 못하고
응시하는 창밖 풍경이 그러하듯.

겨울나기

겨울의 심지가 얼얼하도록 춥다.
긴장하고 대비하고 비축하는 정신이
세몰이를 하는 겨울나기는
한해를 챙기는 밑거름이다.

인생의 사계 가운데 접어든 가상겨울도
막바지 하루하루가 색다르고
막연한 것들이 거리를 좁히는 나날이다.
어찌 각별하지 않으리.

살아서 절로 풀리는 얼음처럼
기운을 얻는 기다림이 내 안에 있어
나를 소중하게 여김으로 후유증을 달래고
멀리 있어 더욱 듬직한 믿음을 뒷받침한다.

제 7 부

막연한 그 무엇

새봄이 오니

서로 또 따로

한해살이 봄

아지랑이 피는 노래

나를 벗는다

부부 귀중

막연한 그 무엇

색깔놀이

단호한 다짐

새봄이 오니

새봄에 엮인 나날이
참을성을 풀어 나가는 새날이다.

후미진 곳에 숨죽여 있던 백발이
제일 먼저 햇살을 챙긴다.

근심이 빠져 나간 자리에
새살 돋는 마음이 차올라.

느끼느니 힘이요
보이느니 절제다.

사노라고 바쁜 사람들이
놓쳐 버린 의미에서 꿀이 흐른다.

서로 또 따로

엄연한 계획 속에 살아있는데
스쳐간 그림자 밟기 바쁘다.

백세시대를 기웃거려 봐도
불거지는 나이는 숙연하기 마련인데

사철 서로 사랑하는 사람 사이에
한철 따로 등 돌리는 나이 때문이다.

잎새에 바람 들 듯이
공중 노니는 생각을 거닐다가

외로움조차 은혜로운 벼랑 끝 인식이
깊이 모를 안식에 잦아들까 두렵다.

한해살이 봄

억겁을 향해 살아가는 봄이
지금은 우리 곁에서
한해살이에 골몰한 모양새다.

슬그머니 풀어헤치는 두루마리마냥
일방통행 지킴이 봄인가 하니
아름드리 봄 사랑이 한해를 끌어안는다.

깜짝 놀랄 웃음 웃는 민들레같이
속으로 왕성한 의욕을 품고
겉으로 온화한 체면을 지키는 길에.

아지랑이 피는 노래

봄은
맹목적인 사랑에 빠져 들었어도
피부로 숨 쉬는 우리의 낭만은
아지랑이 피어나는 노랠 부른다.

이 몸도
연둣빛 소식에 물들어
짙은 봄날 서툰 마음지팡이 짚고
앞가림에 열중한 길을 걷는 중이다.

그대 나의 막바지 생명의 봄이여.
되돌이표 없는 이즈음 행복일랑
몰라서 믿어 버린 영원처럼
무르익는 생각의 씨앗 되어 주오.

나를 벗는다

그리워하고 외로워하고 서러워하다가 말 것인가.
테스형에게 물어보고 팽수와도 놀아보고
헛짚지 않으려다 숲에 이르니
보이지 않는 물소리가 어디선가 삼킨 말소리더라.

갸우뚱한 관심을 피할 길 없어
약발 받은 웃음 날리니 그만이었지.
시샘조차 사람의 온기인 걸 아는데
앞지르기 끼어들기 맞서기를 상관하랴.

이도저도 아닌 방향바람이 불어와
멍 때리기 말라면서 생리현상 일어나고
마음 밭에 심은 대로 거둘 겨를 없이
부끄러운 잡동사니 나를 벗는다.

부부 귀중

말이 없어도
생각이 같고

고비마다
아픔이 닮아 있어

비록 빈손이지만
그대들에게 후회는 사치다.

헐거운 옷이 편하고
길들여진 신발이 안심이듯

의리의 순간을 허다하게 처방한
약손 노릇은 제대로 한 것임에.

막연한 그 무엇

내 몸이 내 마음 같지 않을 줄
미처 알기도 전에

저 하늘이 저리 곱고
이 땅이 이리 태평한 까닭을 곱씹었지.

그런 말을 글로 담아내는
기쁨을 통해 보람을 찾다 말고

젊음이 앗아간 판가름이
이리도 막연한 그 무엇이 될 줄이야!

색깔놀이

보수적으로 당할 때는
뒤가 구려 두고두고 고약했는데

까놓고 벌이는 진보 색깔놀이는
공정이 정공을 맞는 시작이 반이더라.

恨풀이 새판짜기 비리비호에
어깨 힘들어가고 입에 거품 물었으니

뻔질 나는 선심 공세에
도둑맞고 빚 물리는 조상될까 두려워라.

단호한 다짐

늙은 날의 외로움이 틀에 박힌 서러움 되고
다시 괴로움으로 통하는 길이 일방통행이라면
나는 기꺼이 탈선을 택하겠다.

눈에 보이는 현상이 이상과 겹치는 곳에
나타나는 이변 또한 외로움의 장난이라 할지라도
나는 조심스레 몰입하는 편에 서겠다.

일상적인 외로움이 피상적인 즐거움 되어
더는 두리번거리지 않고
부질없이 구겨지지 않을 수만 있다면.

제 8 부

내 마음의 봄바람

내 마음의 봄바람

안개 속에서

늙은 벚꽃나무

바람의 장난

나무는 힘들어

한의 한해

상상의 세계를 숨 쉬는 우리

독방차지

화면 속에 가을

내 마음의 봄바람

우수라지만
겨울 시샘이 남아
멀쩡한 사람 등을 민다.

봄나물 돋아나는 가려움증을
시원하게 긁어주듯이
땅을 헤집는 호미 끝이 아려와도

굼뜬 봄의 여드름증상이 심상치 않아
발걸음 돌려 세우는 양심이 부른다.
미심쩍은 마음의 봄바람이다.

안개 속에서

뒷산 중턱에 올랐을 뿐인데
안개가 시야를 지워 버렸다.

영적인 세계가 연상되는
평온한 순간이다.

빈 틈 없이 벌어진 주검
그 자비정신이 이 같을진대

죽었어도 죽은 줄 모르는
그날이 오면

이날의 혼돈이
잡념을 잠재우는 처방이 될 터이다.

늙은 벚꽃나무

창 앞에 늙은 벚꽃나무가 화들짝 꽃을 피웠다.
속속들이 들어찬 만족이 보인다.
바람결에 쾌감이 인다.
벅찬 기쁨이다.

창 앞이 코앞이다 보니
애써 꽃피운 나무의 수고와 기다린 보람이 겹쳐
벚꽃이 한창인 이맘때면
꽃나무 가지들이 열띤 내 삶의 뼈대를 이룬다.

바람의 장난

생뚱맞은 바람의 장난끼에
꽃잎이 무더기로 흩어진다.

꽃이 지나쳤음이라
고목도 허허 웃는다.

사람의 바람끼는 원래
잡히는 곳에 있질 않아.

유쾌하게 건너뛴 사춘기 바람을
모처럼 만났음이다.

나무는 힘들어

폭설 지나고 한파가 몰려 와
겨울나무도 안간힘을 쓰겠지

눈에 눌려 잠을 깬
어린 것은 숨 막히고 큰 것들은 처졌다.

꿋꿋한 정신은 원망을 모른다지만
떨치지 못하는 사정이 안쓰러워

마음 무거운 사람들이
기울이는 햇빛정신에 힘이 실린다.

힘들다는 말 대신
무겁게 도사린 빛깔이라니.

한의 한해

2019년 마지막 주말이 잔뜩 찌푸렸다.
진눈깨비 소식에 한파가 겹쳐
정치공방 쌍방 주말집회에
신물 나는 민심이 죽살이 친다.

미사일이란 불장난에 대응하는 말장난이
연말에 걸쳐 있는데도
우리네 정치판이 개판이어서
스산한 해넘이 정신이 뼈마디를 저리게 한다.

상상의 세계를 숨 쉬는 우리

끊임없는 밤벌레 소리에 귀를 기울이면
지구를 감돌아드는 우주의 파장이 느껴진다.

진딧물 세계에 코를 박은 무당벌레같이
북극하늘을 몸부림치게 하는 오로라처럼

우리가 알바 아닌 세상 역시 우리 차지일진대
스스로 껍질 뚫는 알집 속의 융통성이 그립기만 하다.

독방차지

무르익은 정신에서 김이 나요
결핍증이 불러들인 사람 냄새같이.

세상은 나를 건너뛰고
사람들은 중심을 비켜가지만

독방이 빈방일 적에 겁먹고 오간 밤이
설마 광장인심을 넘어설까요.

홀로서기 정을 익히기에 여념이 없는
행복에서조차 관심을 불러들이는 김이 나요.

화면 속에 가을

억새와 바람과 햇빛이 어우러져
가을이 무르익은 능선에
사람의 행렬이 길을 만든다.

그 길에 이끼 낀 마음에도
가을이 내려
사라진 화면을 출렁이게 한다.

떠나온 낭만이 너무 멀어
기력을 탕진한 추억에도
꼬부랑 고갯길이 배밀이를 한다.

제 9 부

겨울이 몸살을 앓는다

겨울이 몸살을 앓는다

건강 챙기기

고수와 꼼수

날씨 따로 정세 따로

노인이 아름답다

진실

어인 일인가

소녀적 마음

겨울인데도

겨울이 몸살을 앓는다

겨울이 그냥 깊어지는 게 아니었다.
얼음 먹은 어둠 속에 뿌리를 둔 온갖 것이
지구온난화 책임을 물어
대책을 신음하는 풍토가 독감을 앓는다.

빙산이 마저 녹아내리고
희귀동물이 자취를 감추기 전에
온실효과 담당사례가 겨울잠에 든다손
미래의 먹구름 사정은 엄중하다지 않는가.

자손만대 잘 살아보자던 결기도
부강한 나라 욕심도 미래를 망치는
속수무책 여흥몰이 중인 것만 같다더라
겨울이 사방에 걸린 거울처방이 될지어다.

건강 챙기기

詩랑 노래랑은 배려와 겸손에 충실하지만
몸과 마음은 은밀한 이해관계 속에 있다.

대내외 사정이 원만한가, 구차한가에
몸 관리 마음단속이 갈라지니 말이다.

엄격한 건강 챙기기 뒷전에
허술한 행복이 있어 마땅하다.

우선을 차지하느냐, 후속에 밀리느냐에
초연한 마음이 세상을 얻는다.

고수와 꼼수

고수는 은연중에 주변을 다스리고
꼼수는 조급한 가운데 주위를 다그친다.

저만 잘난 욕심에 힘이 실리면서
꼼수 눈에 고수가 바보로 보일 즈음

조용한 다수 위에 우쭐한 패거리 있다
끼리끼리 쌓아올린 공적은 낌새도 없이 무너지는 법이다.

날씨 따로 정세 따로

오늘이 소한인데
연중 가장 춥다는 말이 무색할 정도로 포근하다.

이 겨울도 이렇게 순한 정점을 찍었으니
사람의 삶도 따사로운 기운으로 기울기를 빌어본다.

오후에는 비가 내릴 것이라 하고
여야 정치공세는 쾌청인 가운데

전운이 감도는 국제정세 긴박감이
뉴스시간 불꽃놀이 수준이다.

노인이 아름답다

세상사 저울질에는 초연해도
하루살이 염려끼리 통하는
노인이 노인의 건재를 반긴다.

젊어지려는 억지 쓰지 않고
잘 보이려고 무리하지 않고
그날이 그날인 여운을 담았어도

무게 중심이 바람을 잠재운다.
보이지 않는 아름다움을 일깨운다.
더는 잃을 것이 없는 해방감만으로.

진실

돌도 닳는다.
하물며 거짓을 고치기 어려우랴.

낯선 만남이 익숙해지고
서툰 손길이 능란해지듯

열과 성을 다하노라면
진심에 꽂힌 진실일진대

윤활유 같은 의지로
퇴행성 장애를 극복함 직하리다.

어인 일인가

아무리 곤곤해도 정신만은 굳건했는데
그 옛날 문풍지소리가 소문을 탄다.

어인 일인가 하다가 금방 지친다.
더는 흔들리고 나부낄 일 없음이라.

앞만 보고 걸어도 불안한 능선인데
어느 결에 꼬인 회상이 속옷차림이던가.

나무에도 함부로 오르는 덩굴이 있고
사람에도 어쩌지 못하는 부대낌이 있다 하자.

소녀적 마음

규율은 누구로부터 오는 것이라기보다
나름으로 지키다가 굳혀진 습관이다.

모범답안만을 생각하면서
사생활을 잃어버린 어느 시점에

이민 간 동생이 찾아와
정색하고 물었다.

노예근성은 어디에서 배웠소?
대저택 사모님 딱지는 완전 허구야?

그런 저런 세월 가고 외톨이 되었어도
공익성에 민감한 소녀적 마음은 옛 그대로이다.

겨울인데도

소리 소문 없이 비가 와서
황당한 늦잠을 잤다.

이럴 수가! 하지 않았지만
들어줄 사람이 없어

낯선 나와 마주친
빗소리에서 생기를 느낀다.

어둑한 바깥공기가 방안을 차지하고 있어
폴더 폰을 접은 뒤로 시간이 따로 없건만

추위를 잊은 여유가
홀로 사는 의미에 보호막을 친다.

제 10 부

때 늦은 깨달음

창밖에 영광

무엇으로 사는지

갈증

색다른 조짐

문병 온 바람

감미로운 행복

은밀한 고초

둔갑한 겨우살이

때 늦은 깨달음

창밖에 영광

바깥세상이 그리운 아가가
창 앞에 붙어 선 시기하고
작금의 우울증이 맞먹는다.

창밖에 영광을 버려두고
외출을 삼가라니 억울하지만
떨치고 나가면 누명 벌기다.

바이러스 공세에 기력을 잃은
우리네 조바심 배를 가르면
고달픔과 서글픔이 탈바꿈중인데

어느 등살에 업혀 살라고
외마디소리를 억누른 가슴에
지저분한 소금을 뿌리라는가.

무엇으로 사는지

겉으로 초연한 것 같아도
속으로 장을 담그는 것이 국제정세다.

비 올세라 바람 불세라 문단속하랴
그도 저도 아닌 긴박감이 3차 대전을 들먹인다.

자다 말고 뉴스시간을 점검하는 이변 속에
경제압박 결정전환이 공포를 몰아낸다.

무얼 모르는 아낙의 일상이 이러하거늘
핵을 다루는 공포의 도가니는 오죽했을까.

갈증

어떤 갈증은 사람에 있지 않고 조직에 있어 문제다.
숱한 갈등 끝에 작품은 완성에 이르렀는데

기쁨을 가로챈 변수가 안녕을 설친다.
신선한 충격을 헤아렸음 직한 메아리도 겹친다.

갈증 홀로 중증인 홈은 나의 성실을 비웃어도
면역력에 찌든 나는 무장해제 처신으로 답한다.

가시밭길이 아니어도 핏방울은 떨어지더라.
그래도 해법을 찾는 일이라고 나 먼저 믿어버리자

문제는 일상적인 작전이 삼키고
해답은 그침 없는 후렴이다시피 풀릴 때까지.

색다른 조짐

보고 싶단 말을 하면 빚이 될까 봐
말 못하는 마음이 참 그랬다.

다 두고 갈 몸이니 애착을 버리라시던
교훈이 얼룩지기 시작하면서

다 같이 편하고자
색다른 조짐이 굴렁쇠를 굴린다.

지금 이대로 주어지는 그대로
마음 받들 채비가 서로의 건강지킴이려니.

문병 온 바람

눈에 보이는 바람과
귀에 들리는 바람이
쉽사리 안방차지에 든다.

창틈을 헤집듯한 기침소리가
소심한 이웃을 들먹이면
이에 골몰한 양심이 늙은 체면을 다그친다.

거지꼴 코로나 유행에 맞서
언제까지 뒷짐지고 살아야 하나
말을 말자는 마음에도 문병 온 바람 들었네.

감미로운 행복

수많은 사람들의 시선이 쏟아져도
태평한 여운 속에
배경음악보다 더 감미로운 행복은 없다.

얼마나 깊고 넓은 이해를 넘나들기에
대자연과 하나 되고
해설에 맞먹는 곡을 고를까.

뒷북치는 효과가 엄청나거나
여운이 분위기를 완성할 때마다
그렇게 되기까지의 경계가 성스럽다.

은밀한 고초

자식들이 자라
제가끔 둥지를 틀고 나면
범위를 줄여야 하기 마련이다.

살림살이는 나누어주지만
부부의 빛바랜 사진은 아니다.
몇 날 며칠 밤을 찢고 또 찢었는지

처음엔 다정한 빌미이었다가
상처뿐인 둘만의 작업이다가
혼자 남는 은밀한 고초에 이른다.

남는 것은 사진뿐이라고
지금도 어디선가들
부지런히 셔터를 눌러대겠지.

사는 것이 그런 것이 아니라고
차마 말은 못해도
말이 되는 마음이 지긋이 아파온다.

둔갑한 겨우살이

인생의 사계 가운데
겨울을 살고 있는 나이 나름으로
겨우살이 이야기를 하고자 했는데
의도와는 딴판인 식물이 등판했다.

책명을 달리 어떻게 해볼라치면
소비 지출 허비 낭비 수고, 라는 단어들이
줄줄이 생각을 가로막는다.
함께, 라는 배려는 눈을 감는 일이었다.

인간성을 배제한 겨우살이 사랑이
뜻 있는 웃음을 웃게 한다 할지라도
모나지 않으면 원만하게 돌아갈 테지
별 일이야 있을라고.

때 늦은 깨달음

바람을 만난 비는 발랄해도
사람이 만난 바람은 스산하다.

물안개로 떠돌던 세월의 기억이
복병을 만난 것이다.

그토록 안달한 믿음이
겉으로 눈물짓는 빗물이었던 듯

바람 먼저 비 먼저
변한 세상 줄거리를 즐긴다.

방향을 아랑곳하지 않는 길에
종이 울고 북이 울려도

허망이 살찌운 생각을 에둘러
진실이 잠든 뜻은 말쑥하다.

제 11 부

서툰 사랑

서툰 사랑

사랑이 묘하다

기쁜 논조

독사진

공든 탑

온정어린 연륜

새해맞이 기쁨

생애의 결산

들뜬 가을

서툰 사랑

바야흐로 봄이 서툰 사랑의 계절이다.
서툴기로 말하면 아가의 걸음마가 첫째인데
손발이 저린 즈음 노인의 좌절이 엄청 닮았다.

쉬운 것 말고 어려운 노릇을 몸에 익히고자
서로 다르지 않게
움직일수록 그럴듯한 이치가 통한다.

살아간다는 사실보다 더 멋진 수고는 없음이다.
아가는 소리로 울고 노인은 주름으로 웃지만
사람이 그리운 경우를 똑같이 알리고자 함이다.

사랑이 묘하다

생명의 불씨처럼 은밀하게 떠도는
사랑이 묘하다.

꽃이 언제 체면을 가리던가.
눈만 뜨면 봄이지.

피는 둥 마는 둥
속되지 않으면 욕되지 않다고

의외로 준엄한 꽃을 피우니
벌 나비도 범접을 못하는 경지다.

물들고 물들이지 않고
마음을 오가는 사랑이 묘하다.

기쁜 논조

사람은 상식에 속해야 좋고
삶은 바탕에 충실해야 좋은데
분위기를 살리는 정신만은
파격이 으뜸이다.

웃음을 유발하는 기쁨조는
끼 자랑이 우선인데
골반춤은 능란할수록 아닌 성 싶다.
멋에 치어 망가지는 손실 차원에서.

독사진

책을 발간한다니
근영을 보고 싶단 친구 말에,

늙은 얼굴을 어떻게 보여? 하니
늙어서 품위 있단 말도 몰라? 했다.

책이 나오고 사진이 실렸다.
온화한 마음만을 믿었는데

낯설고 애매한 저 형태가
오늘을 버티는 외형이란다.

매일같이 세수하고
드문드문 나들이도 하고 있는데

화장끼 없는 행동거지를
세월이 싫어할 줄 몰랐구려.

공든 탑

나이가 무슨 벼슬이라고 자랑들인가,
하면서도
백세시대 문턱을 바라보며
뿌듯해 하는 나이는
분명 공든 탑에 버금간다 하리다.

많이 앓고
널리 생각하고
아무렇지 않게 녹아들어
언제 떠날지 모르는 나를 받들고
나이가 쌓아온 충성스런 나날이었음에.

온정어린 연륜

세월을 기웃거리는 온정이 닳도록
벼랑 위 땅끝마을에 이르렀다.

빛바랜 그리움도
사로잡힌 외로움도

더는 실수할 염려에서 풀려나
갈수록 심층부위 안정을 취한다.

담벼락에 담긴 연륜은
풍향을 아랑곳 않고

무궁한 내일은
어둠을 잊은 낙원을 이루기에….

새해맞이 기쁨

2020년은 숫자가 보여주는 기쁨이 두 배다.
오랜 수고 끝에 얻어진 결실이듯
균형 잡힌 감각이 그러하다.

왠지 정겨워
되풀이를 잊게 함직한가 하면
송두리째 기대되는 바탕을 누렸음직한 것이다.

의리가 돈독한 부부 같고 두 손 맞잡은 연인같이
아침은 결의에 차고 저녁은 보람되리다.
복된 가정이 기초가 되는 새 역사를 쓰리다.

생애의 결산

나이를 못 속인단 말보다
나이는 숫자에 불과하단 말이 더 구차하다.

예상을 웃도는 순간이 얼마나 길겠다고
겁 없이 우쭐해 있으니 말이다.

마음은 낙원인데 몸이 아니라 해도
널리 행복한 마음을 무엇이 상관하랴.

일기예보를 따를 일 없는 평화가
생애를 통틀어 우아한 지금

의무는 휴식에 들고 권리는 기회를 부여받아
하는 일이 기쁨이요 쉬는 날이 선물이거늘.

들뜬 가을

과일향기 머금고
꽃빛깔 자랑이 한창인 가을이다.

자랑만큼이나 사랑도 깊어
씨앗은 여물고 뿌리는 살찌고

보람을 찾기에 앞서
들뜬 분위기가 색깔을 입는다.

화사한 소식에 충실할 틈 없이
나 혼자 식어가는 해넘이 길

어디로 갈 것인가를 묻지 않았는데
가을걷이 기쁨이 단잠을 깬다.

제 12 부

세상 맛보기

건널목 그대

사는 게 사는 게 아니다

의존형 부러움

신념이란

겨울 그 깊은 뜻

세상 맛보기

정말로

2020년 2월 20일 2시 20분 pm

절반의 가면

건널목 그대

사랑에 주린 온갖 것이
한기를 느끼는 연말이다.

보고 지고 울고 지고 하는 옆에서
'그까이 꺼' 하는 심통이 몸통인즉,

뒤웅박질 명수끼리 진을 치고 있을
건널목 그대 곁에 거미줄 치고 싶다.

사심 없는 빈정거림 주위를 돌아
쉬어 갈 빌미 심는 사투리 앞다투어.

사는 게 사는 게 아니다

자신을 보호하고 모두를 위하는 일이라면서
일상을 포기하란 말을
아무렇지 않게 읊조리는 시점이다.

안전한 집안에만 머물라더니
깜깜이 확진 환자가
수시로 집안에서 나타난다.

마스크에 가려진 얼굴만 보다 보니
표정 없는 인상을 가려보기 어려워
뒷일이 막연하고 앞날이 미심쩍다.

코로나 해악이 영향을 끼친
경제사회 전반의 마비증세가
자학의 말을 빌려 자구책을 들먹인다.

'사는 게 사는 게 아니다' 하면
'지구촌을 떠나라' 가 정답임에
마스크를 사칭하는 말막음 재갈을 물린다.

의존형 부러움

기력도 체력도 바닥난 사랑이
광활한 상승기류를 만났다.

태평한 바다는 바다에 갇혀 있고
한달음에 닿은 산은 산에서만 살아

기고만장한 무의식을 허리춤에 차고
기막힌 행보를 보인 허물이 온통 부러움이었어라.

신념이란

어디에 머물러 있어도
혼자가 아니라는 사실 한가득 네가 있다.

너 속에 도사린 사랑이
나를 겨냥한 적 없어도

진정은
거짓말 같은 참말을 이어가리라.

설혹
변질이 있다손 본질을 잃을까.

겨울 그 깊은 뜻

커튼이 가렸던 바깥세상이 열리고
눈 세례를 듬뿍 받은 나무들이
하얀 자태를 드러냈다.

겨울 검은 근심을 말끔히 잊을 만큼
바람 한 점 없는 밤이었나 보다.

강해야 산다고
매섭게 다그치던 겨울 그 깊은 뜻이
진솔하게 드러나는 아침이다.

세상 맛보기

소한에서 대한 사이
절기로는 엄동설한에 속했어도
유명세를 타던 얼음축제 계획이
줄줄이 무산되는 이변을 낳고 있다.

한철경기에 차질을 빚은
지자체 근심이 전 국민의 관심인데
나 몰라라 하는 하늘은 어찌나 온화한지
도심의 광장이 가족단위로 북적인다.

기후변화에 의한
폭염 가뭄 홍수 태풍이
산업 생산 유통에 미칠 미래의 재난을 몰라
일기예보에만 충실한 세상 맛보기.

집안에만 있어도 뉴스채널에 빠지면
집단에 속한 기분처럼 우쭐해진다.
화면 정리하는 중에 나의 스타가 등장했다.
'내꺼야 보지 마' 했건만 웃어주는 사람이 없다.

정말로

나와 남이 모르는 나를 거쳐
나를 웃도는 무엇인가가
끊임없이 나를 독려한다.

구태여 말을 하자면
살아서는 넋이요 죽어서는 혼인가 싶은
각축전 속에 내가 있다.

넋은 시도 때도 없이 살아나는 생각에 있고
혼은 거리낌 없는 가벼움이어서
있고, 없고를 따질 바 아닌 나일 터이다.

허풍선이 잠꼬대가 나를 꼬집을 때마다
혼자라서 웃고
혼자라도 웃는다.

2020년 2월 20일 2시 20분 pm

며칠 전부터 숫자의 나열이
신비에 가까운 이 날을 기다렸다.

오죽이나 할 일이 없으면, 이라고
집안에만 갇힌 자신을 되돌아보다가도
무심한 무리 속에 유다른 기쁨이
여타의 평범한 처신을 손사래 친다.

그냥 지나치는 것이 상식인 세상에
그 이상을 점검하며
평등 평화 화합의 가치 같은
2020년 2월 20일 2시 20분 pm을 향해 간다.

드디어 독특한 느낌의 숫자 나열이
보람을 찾는 시점에 근본이 됨직한 뜻을 기린다.

절반의 가면

코로나19 이전과 이후로
세상이 크게 달라졌다.

국경과 인종을 초월해 있어
더욱 깊고 넓은 이해를 요구한다.

절반의 가면 같은 마스크 쓰고
진심에 묻어나는 상심을 읽고

실종된 친근감이 적막강산을 누빈다.
이기심을 뛰어넘은 현장수습만이 살길이다.

| 발문 |

삶, 그 소중한 문학인생

— 이현정 시인의 시집을 통해 본 삶과 문학

김 재 엽

정치학박사 · 문학평론가 · 한국불교문인협회 회장

1991년이 되면서 잡지문화의 르네상스라 할 정도로 하루가 멀게 문학잡지가 창간되고, 또 이전에 폐간되었거나 휴간되었던 잡지들이 속속 복간되거나 속간되고 있었다. 어쩌면 우리 문단으로서는 새로운 문예 부흥기를 맞이한 시절이라 할 수 있겠는데 실제로 필자가 경영하던 도서출판 한누리에서도 월간 『문예사조』와 계간 『자유문학』 그리고 계간 『해동문학』을 창간호부터 제작대행하고 있었다.

더욱이 1956년에 안장현(1928~2003) 선생의 주도로 한글 전용 비정기간행물로 창간되어 간행되기 시작한 『한글문학』이 휴간과 속간을 거듭하다 1991년에 반년간으로 속간되어 우리 출판사에서 제작을 전담하여 보급하던 차에 1993년 어느 봄날 이현정 시인을 처음으로 만나 뵙게 되었다.

아마도 그 즈음에 특집으로 실린 '한글문학' 몇 권을 전달

해 드리기로 하고, 또 당시 시집 출간을 준비하고 있으시다는 이현정 시인의 전갈을 함께 받아서 찾아뵈었던 것 같은데, 참으로 단아한 모습에다 품격 있는 언행으로 귀부인으로서의 풍모를 한껏 내보이셨던 기억이 지금도 생생하다.

남편이신 강상균 박사님을 비롯한 두 아들 또한 의학계에 종사하던 때라서 그야말로 의사집안의 안주인으로서 위세가 대단할 것으로 생각했었지만 의외로 차분하고 조용한 품성으로 편하게 대해 주는 것이었다. 참으로 따뜻한 모성애를 느낄 만큼 다정다감하게 보이셨는데, 이날 시집 '향기 있는 고독'의 원고를 건네받고 이후 편한 마음으로 즐겁게 제작에 임했던 것 같다.

그리고 그렇게 시작된 저자와 출판인으로서의 인연이 이후 30년 가까이 이어져 오면서 세 권의 장편소설과 열한 권의 시집 모두를 우리 출판사에서 상재하였다. 이렇게 소중하고 고마운 인연을 담아 본고에서는 그간 간행한 시집 11권의 표제시를 소환하여 제작 당시 상황을 회억해 보고 간단하게나마 평설을 곁들이고자 한다.

우선 이현정 시인과 첫 만남의 소중한 인연을 오롯이 되살려주는 시집 《향기 있는 고독》이 그해 1993년 9월 1일에 출간되었는데 이현정 시인 개인적으로는 세 번째 시집으로 특유의 잔잔하고 따사로운 감성이 묻어나는 시 80편을 골라 엮었다. 특히 시집 후미에 이례적으로 두 편의 평설을 실었는데 당시 원로 비평가이신 김남석 교수와 신예 이만재 선생 두 분의 공통된 시각이, “이 시집에 실린 시편들은 목가적이면서도 매우 철학적인 무게가 실린 시들이 주종을 이루고 있으며, 시어가 정갈하고 개성이 독특하게 표출되어 있어 독자들로 하여금 쉽사리 교감을 이루게 된다”고 하였다. 그러면서 이현정 시인의 “진솔한 삶의 철학과 맑은 영혼의 파동을 감지하게 되는 것이 오랜 세월 갈고 닦은 필력의 소산일 것”이라고 평하였다. 매우 공감이 가는 시각이라 동의하면서 표제시 〈향기 있는 고독〉을 옮겨 본다.

마음의 먹선이 풀풀 연기를 품는다
해를 머금은 눈이 그렇게 미루나무를 심었다.

여백이 휘청거릴 때마다 생각을 부려놓고
붓가심으로 흘린 저 여운

땅속에는 생명의 젖줄을
하늘에는 정신의 뿌리를 둔 침묵 가운데
생기 벅차서
손을 뻗던 나의 무례(無禮)가 정(釘)을 맞는다.

휘청거리는 잔고(殘高)로 돌아오면
생애의 빈 자리
그 자리에
누렁소는 코뚜레 삶도 헐겁게 호반에 서고

소멸의 시간으로 물오리는 흘러
나의 명상은 소복차림이다.

붓이 있고 먹이 있고 시를 일으킨 힘이 있어
가슴엔 여전한 추상화 한 폭

술이 익듯이
고독도 익어.

-〈향기 있는 고독 -山丁의 '호반' 앞에서〉 전문

이현정 시인 스스로가 세상에서 가장 오묘한 향기가 있다면 사람의 '인품이 지닌 향기' 라고 했다. 또한 언어의 절제 속에 표출해내는 긴장감은 아름다운 시의 근간이라 믿는다면서 현실로 직면한 자신의 시인생이 서럽고 두려웠던 지난날의 고독을 탈피하여 감미롭고 쾌적한 오늘의 고독을 시의 산실로 끌어들여 진한 그리움을 덧붙여 뿜어내는 '향기 있는 고독' 이라 칭했음도 책머리에 밝혀두었다.

특히 표제작 〈향기 있는 고독〉의 창작계기는 산정 김세옥 화백의 대표작 '호반' 을 감상하면서 소장하고 싶은 열망과 갖지 못하는 실의를 또 하나의 고독으로 승화시켰다고 한다. 그야말로 시각과 청각, 그리고 후각과 촉각 등 오감 모두를 동원하여 시를 쓰고 있음이 도입부에서부터 느껴지는데 "마음의 먹선이 풀풀 연기를 품는다/ 해를 머금은 눈이 그렇게 미루나무를 심었다.// 여백이 휘청거릴 때마다 생각을 부려놓고/ 붓가심으로 흘린 저 여운" 에 빠져 그림 앞에서 꼼짝 없이 애잔하게 서 있는 화자를 그려보게 된다. 그러면서 소장하고 싶은 욕망과 "휘청거리는 잔고로 돌아" 와 화폭 속에서 자신의 "명상은 소복차림이" 되어 실의에 빠진다. 하지만 그것도 잠시, 그림이 품어내는 "붓이 있고 먹이 있고 시를 일으킨 힘이 있어/ 가슴엔 여전한 추상화 한 폭" 이 그려진다. 참으로 향긋한 "술이 익듯이" 새로운 맛을 창출하는 삶에 시인의 "고독도 익어" 또 다른 향기를, 아니 '향기 있는 고독' 을 창출해 내고 있다.

종루에 걸려 있어도 아무나 치지 못하는 종
당목이어야 제 목소리를 내는 큰 종

산사에서 울리면 번뇌를 몰아내고
종각에서 울리면 분열을 아우른다.

한 번 크게 울면
사라지는 모든 아름다움을 일깨우고

거듭 울려 꼬리 문 여운은
역사의 결도 삭힌다

넋으로 울려 퍼지는 듯
제야의 종소리는 성스럽고

에밀레종은 울지 않아도
묵시적인 여운이 신라에 닿아있다.

깊어도 어둡지 않은 안정과
부드러우면서도 굳센 화합 위해

깨어 있는 종
범종이 되어 장중하게 울어지리다.

-〈범종〉 전문

이 시는 1995년 3월에 간행한 이현정 시인의 네 번째 시집이면서 우리 한누리미디어와는 두 번째 인연을 맺은 시집 《등》(燈)에서 가장 돋보이는 시 〈범종〉(梵鐘)이다. 당초 표제시만을 인용할 생각으로 '등' 이라는 제목을 열심히 찾아보았으나 아쉽게도 보이지 않아 제목과 내용상 상당부분 연관이 깊은 시 〈범종〉을 골랐음을 밝혀 둔다. 이 시집에 실린 시 상당수가 자아분열의 현대 문명사회에서 자아의 파편들과 경험의 파편들을 의미 있는 패턴으로 동일화시켜 자아의 경험세계를 재구성하여 품격 있는 삶의 결정체로 직조하였으며, 아픔 그 자체를 자아 회복의 모티브로 설정하여 미래의 지향점으로 삼고 있다. 그리하여 새로운 등불이 되어 자아를 밝혀 나가는 삶의 이정표를 보여준다.

그러면서 개개의 시편에서는 이현정 시인이 시를 쓰면서 살아온 삶의 여정에서 겪어온 인간 본연의 고독을 자연에의 향수로 동화시켜 위안 받고, 기쁨과 즐거움을 적극적이며 긍정적인 보람으로 자신의 인생에 승화시킴으로써 현실에의 고독과 심적 고뇌를 희열과 희망으로 전이시켜 독자들로 하여금 잔잔한 감동을 전해 주고 있다. 예시에서 보여주는 바대로 "산사에서 울리면 번뇌를 몰아내고/ 종각에서 울리면 분열을 아우"르는 '범종'이 "한 번 크게 울면/ 사라지는 모든 아름다움을 일깨우고"는 암울한 세속을 밝히는 '등'이 되어 "안정과/ 부드러우면서도 굳센 화합 위해" 시각적인 요소의 '등불'을 밝히고, "깨어 있는 종/ 범종이 되어 장중하게 울"려 퍼지리라는 청각적인 요소의 '범종소리'가 절묘하게 어우러져 시적 아름다움을 한층 드높이고 있다.

사랑은 피를 맑게 하나 봅니다

살갗에서 뼛속까지 윤기 흐르고
정수리에서 발끝까지 싱그러운 기분입니다

사랑은 날마다 새로워지는 불씨

하늘 가득한 빛의 의미도,
가슴 깊은 되새김도
그대 생각에 숨을 쉽니다

침묵조차 향기로운 그대여!

사랑의 메아리는
사람의 향기를 전해 옵니다.

- 〈사랑의 메아리〉 전문

이 시는 이현정 시인이 제4시집 《등》을 펴낸 지 7년이 지난 2002년 8월에 상재한 제5시집 《사랑의 메아리》의 표제시다. 문학적인 공백기를 가진 것은 아니고 이 무렵 이현정 시인은 남편 강상균 박사님께서 일본과 미국에 연이어 교환교수로 파견되어 6년여 동안 동반 체류하는 바람에 시집 출간은 할 수 없었으나 그래도 꾸준히 시창작에 임해 수백 편의 시를 써 모았는데, 사실 글을 읽는 시대에서 보고 즐기며 편하게 사는 세태가 도래하면서 시집 판매가 극히 저조한 환경이 너무도 아쉬워 인터넷 공간에서 독자들과 교감을 나누다가 귀국 후 그래도 시를 사랑하는 사람들이 꽤나 많다는 사실에 감응하여 시집으로 엮어야겠다는 용기를 내었다고 밝힌다.

그러면서 "사랑은 피를 맑게 하나" 보다고 전제하고 "살갗에서 뼛속까지 윤기 흐르고/ 정수리에서 발끝까지 싱그러운 기분"으로 만들어 주는 사랑, 그리고 시로 맺어지는 인간애, 게다가 이 시집에서 만나는 자연과 풍물 모두는 '사랑'이라는 이름에 싸여 "날마다 새로워지는 불씨"로 자리하기를 희망한다.

더불어 월드컵 4강이라는 전국민적인 감격과 화합의 한마당을 다수의 시편에 감동적으로 묘사하여 한민족의 인간애를 가슴 뭉클하게 표출해 냈는데, 무엇보다 민족적 홍이 고조

되어 울려 퍼지는 "사랑의 메아리는/ 사람의 향기를 전" 하며 끊임없이 시로 담아냈다는 데서 시인의 시적 역량이 태산 같음을 읽을 수 있다.

겉으로 빛나든지
속으로 맛나든지
그리 하오

투박하면서 정스럽고
세련되면서 멋스러우시오

슬픔에도 위신이 있어야 하고
기쁨도 가볍지 말아야 하오

드러난 아름다움 뒷면도
마땅히 깔끔할 것이며

미소는 잃지 않아야 온화하고
말은 헤프지 말아야지 믿음이 가오

그럼 우리 다시 시작합시다

사랑은 시간을 못 견뎌 하고
이별은 가을을 견딜 수 없어요

-〈그대에게〉 전문

이 시는 2004년 4월에 상재한 이현정 시인의 제6시집《그대에게》의 표제시다. 어둠을 몰아내는 세상 빛과 스스로 밝아지는 마음의 빛. 아무도 흉내 낼 수 없는 생각의 자유란 얻어지는 것이 아니라 개발하는 것. 순간을 낚는 렌즈의 감각으로 추억을 만들고, 우리 모두의 소중한 하루하루가 무심히 지나가지 않도록 생명을 불어넣는 작업에 심혈을 다 바치는 이현정 시인. 외경스럽게 시를 대하는 시인의 시상을 '그대' 로 환치시켜 "겉으로 빛나든지/ 속으로 맛나든지" 여하튼 멋있다고 칭송하면서 "슬픔에도 위신이 있어야 하고/ 기쁨도 가볍지 말아야" 한다고 공감해 본다. 무엇보다 이 시집에서 이현정 시인은 상반의 개념, 특히 대칭관계에서 서로 간에 아우르는 힘이 최상으로 분출됨을 노래하고 있어 감동적이다. 더욱이 얕은 잠은 깊은 밤이 원인이기도 하고 긴 해가 황혼을 불타오르게 만드는 것처럼 "사랑은 시간을 못 견뎌 하고/ 이별은 가을을 견딜 수 없"게 한다고 술회하면서 대칭이야말로 공존의 원형임을 노래하고 있다.

이름 없는 계곡물에 발을 담그고
문우들이 무심결에 젖어든다

말소리 삼키는 물소리 있어
발가락 사이로 체온을 걸러내니

내 안에 그림자가 기어나와
물속에 햇살을 풀고 있다

－〈내 안의 그림자〉 전문

이 시는 2005년 5월에 상재한 이현정 시인의 제7시집 《내 안의 그림자》의 표제시다. 이현정 시인의 시는 마치 노자의 '무위자연' 의 철학에 진입한 경지에서 맛볼 수 있는, 인위적이거나 작위적 변화가 아닌 자연의 순리에 따라 변해 가는 생명의 모습에서 시인의 달관한 품성을 엿보게 한다. 특히 내가 편해야 남이 편하고 내가 밝아야 주위가 밝아지는 인과관계에 깊이 천착하여 우리의 삶이 무한의 경지에 이르러 진실과 스스로 발하는 아름다움이 어우러져 삶의 묘를 발현하는데, 정녕 이현정 시인의 진솔한 삶의 표상이며 영혼의 떨림으로 느껴지는 것이다. 어쩌면 일상에서 탈피하여 "계곡물에 발을 담그고/ 문우들이 무심결에 젖어" 들 때 "내 안에 그림자가 기어나와/ 물속에 햇살을 풀" 어 체온을 조절하는 것이 자연의 순리요, 그 순리에 따라 순응하며 살아가는 모습이 인간본연의 아름다움으로 다가온다.

유유히 시간의 길을 간다

예정에 없는 만남을 위해
대책이 없는 이별을 향해—

어떻게 보면
사람이 시간의 내용이다

그렇게 보면
자연의 시간의 궁전이다

사람에 빗대어 사는 시간은
끊임없이 새롭게 태어나도

자연에 어우러진 시간은
세기를 뛰어넘는 숨을 쉰다

끝이 곧 시작인 잠에 들거나
결코 잠들지 않는 시간을 부여잡고
혼자 가는 길,

하염없는 시간의 길을 간다

-〈시간의 길〉 전문

이 시는 2014년 2월에 상재한 이현정 시인의 제8시집《시간의 길》의 표제시다. 이 시집에서 이현정 시인은 실재(實在)의 삶에서 반추하는 시간을 기저로 나타나는 일상적인 생활의 단면을 시적인 상황으로 변전하여 보편성에서 창출하려는 삶의 지표로 형상화하고 있다. 특히 주제 설정에 있어 '나'라는 주체를 다채롭게 형용함으로써 읽는 이로 하여금 시인이 구현하려는 시적 진실을 다각적으로 이해할 수 있게 유도한다. 또한 시간의 단위이며 변환이라 할 수 있는 하루가 모여 사계절이 흐르고 인생 또한 흘러가는데 그 계절이 바뀌는 과정에서 시인은 유유히 삶을 관조하며 계절의 감각을 시간에 담으려 깊이 천착해 왔다. 자연이라는 시간의 궁전 속에서 유유자적하며 촌음으로 대변되는 인생을 길게 잡아 "사람에 빗대어 사는 시간은/ 끊임없이 새롭게 태어나도// 자연에 어우러진 시간은/ 세기를 뛰어넘는 숨을 쉰다" 고 설하면서 "끝이 곧 시작인 잠에 들거나/ 결코 잠들지 않는 시간을 부여잡고/ 혼자 가는 길// 하염없는 시간의 길을 간다" 고 스스로의 인생 항로를 제시하고 있다. 역시 시인의 제시대로 어차피 순간에 불과한 인생이라는 시간의 결정체를 아웅다웅하며 바쁘게 살 일이 결코 아님을 깊이 성찰하게 만드는 것이다.

세월호 사고 나고 보름이 지나도록
우리의 아우성소리가 현장을 맴돈다

마음이 어두워
밤낮을 가리지 못하는 슬픔 속에

노란 리본이 달리는 길로 바다가 열리고
그 길로 그리운 그대들이 오리다

여러분을 지켜주지 못한 죄를 빌어
거미줄 온상인 사람의 죄를 벌하고

여러분이 일깨워 준 죽음을 무릅쓰고
살아서 말 못한 사랑을 나누리다

하늘과 땅을 오가느니 눈물이요

마음을 통하느니 한숨이라 할지라도

그렇게나마 만나
맹세하는 도리를 다하며 살아가리다.

-〈노란 리본이 달리는 길〉 전문

이 시는 2014년 8월에 상재한 이현정 시인의 아홉 번째 시집 《노란 리본이 달리는 길》의 표제시다. 그해 4월 16일에 일부 어른들의 잘못된 탐욕에 의하여 저질러진 세월호 대참사 사건이 몰고 온 엄청난 충격의 파장이 온 나라를 뒤덮어 버린 상황에서 어찌 시인으로서 가슴 속에서 거침없이 치밀어 오르는 슬픔을 참고 견딜 수가 있었겠는가. 이현정 시인이 시대정신을 담아 깨끗한 붓을 들어 구천을 떠도는 원혼을 달래고자 쓴 애도의 시편들이 이 시집에 상당수 자리하여 온 국민이 공감하며 함께 분노하지 않을 수 없는 위령의 노래로 성가를 드높이고 있다. "마음이 어두워/ 밤낮을 가리지 못하는 슬픔 속에// 노란 리본이 달리는 길로 바다가 열리고/ 그 길로 그리운 그대들이 오리다// 여러분을 지켜주지 못한 죄를 빌어/ 거미줄 온상인 사람의 죄를 벌하고// 여러분이 일깨워 준 죽음을 무릅쓰고/ 살아서 말 못한 사랑을 나누" 겠다고 다짐하면서 인간으로서 속죄하는 마음으로 "맹세하는 도리를 다하며 살아가" 겠다며 삶에 의욕 또한 불태운다.

갈 곳이 없다.

올 사람도 오라는 사람도 없다.

사람 사는 일이 바빠
떠나버린 정을 읊듯이

뜰안에 몸을 푼 봄이
벌 나비 기질을 가진 마음에 깃든다.

하루를 달리하는 만남이련만
봄인들 변하지 않고 향기 나랴.

갈 곳이 있다.
와도 곱고 가도 고운 봄이 익힌 길 따라.

-〈뜰안에 몸을 푼 봄〉 전문

이 시는 2017년 5월에 상재한 이현정 시인의 열 번째 시집 《뜰안에 몸을 푼 봄》의 표제시다. 새로운 밀레니엄의 시대가 본격화 되면서 수많은 사람들의 입에서 회자되어 온 '백세시대' 가 현실화 되고 있는데 그 사회 구성원으로서 겪는 외로움이 너무도 깊어 두려움 반 서러움 반이 떠오른다는 시인의 사유세계가 눈물겹다. 사실 이현정 시인은 '사회에 빚지지 말아야 한다' 는 화두 하나로 삶의 허기를 달래며 현실적으로 밀접하게 다가온 자연을 대하고 관조하면서 써 모은 시편 108편을 시집으로 엮으면서 봄을 맞는 18세 소녀의 심상이 되어 기다림마저 행복하다고 말한다. 그런데 시를 떠나 현실적으로 고도의 산업화 사회에서 외롭게 장수한다는 것은 결코 축복받은 인생이 될 수 없으며 숙명적으로 독거노인이 되는 백세시대의 현실은 어쩌면 심적 공황상태를 불러오는 공포의 대상임도 내비치고 있다. "갈 곳이 없다/ 올 사람도 오라는 사람도 없"는 현실에 직면하면서 "뜰안에 몸을 푼 봄이/ 벌 나비 기질을 가진 마음에 깃"드는데 "봄인들 변하지 않고 향기 나랴"며 반문한다. 그러면서 "와도 곱고 가도 고운 봄이 익힌 길 따라" 가기를 갈망한다.

쇠뿔도 단 김에 뺀다고
북핵도 급한 김에 빠지나 보다.

강대국 입김이 풍랑을 일으켜
멀미하던 통일이
잦은 입방아에 그치지 않고
엉덩방아 찧을 몸체를 보이니 말이다.

평창 동계올림픽을 계기로
우상화에 신들린 과거도
말 못하고 저문 날의 아픔도 가고
헤어지기 얼마나 힘들었던가.

우리 이제 통일이 이룩한 번영 위에

새 아침을 맞이할 차례가 왔다.

-〈통일멀미〉 전문

이 시는 2018년 5월에 상재한 이현정 시인의 열한 번째 시집 《통일멀미》의 표제시다. 전년도인 2017년만 해도 미국의 트럼프 대통령과 북한의 김정은 국무위원장간에 전쟁도 불사할 듯한 일촉즉발의 설전이 오가고 있었다. 그러다 2018년 2월에 거행된 세계적인 축제인 평창동계올림픽에 북한이 전향적으로 참여함으로써 한반도는 급속도로 화해의 무드를 탔다. 그리고 4.27남북정상회담이 판문점에서 성공적으로 개최되었고, 5.26판문점남북정상회담에 이어 9.18남북정상회담이 평양에서 대대적으로 열리는 등 평화와 함께 남북통일도 기대해 볼만한 단계가 되었으며, 이후 북미정상회담도 두 차례나 열렸다.

이러한 정치적 분위기에서 이현정 시인도 통일에의 열망을 시로 풀어내었는데 어쩌면 심한 멀미를 겪은 뒤에 차분하게 가라앉을 것을 예견하고 있는 듯하다. 역사적인 남북 정상의 만남을 통일을 지향하는 단계로 받아들이면서 시인으로서 당부의 말도 보탰는데 세계의 이목이 쏠린 때일수록 언행을 삼가 진보와 보수가 똑같이 신중해야 함을 작품 기저에 깔고 민족의 품격 또한 강조하며 "우리 이제 통일이 이룩한 번영 위에/ 새 아침을 맞이할 차례가 왔다"고 축원의 메시지를 남긴 것이다.

건망증이 들락거리는 집에
불면증이 찾아들었다.

이 몸이 마음의 집인 걸 모르고
서로를 겉돌던 시절을 거쳐-

뜻밖의 만남에서 뜻을 읽고
헤매는 틈틈이 길을 익혔음이다.

서로의 손잡이로 굳혀지는 증세는
중증을 향해 몸을 불린다.

밤의 안식을 좀먹던 그것이
차마 떨치지 못한 성심이었으랴.

건망증이 품은 바 없는 나이테에
보기 드문 겨우살이 사랑이었으리.

-〈겨우살이 사랑〉 전문

이 시는 2019년 12월에 상재한 이현정 시인의 열두 번째 시집《겨우살이 사랑》의 표제시다. 이현정 시인 스스로가 80대 중반에 접어든 연치로 삶에 여유를 부릴 상황이 아님을 전제하고 살아가는 재미보다 살아온 삶의 의미에 무게를 두고 빚어낸 시편들을 버려서는 안 된다고 다짐하며 생명존중 의식을 발현하여 출판을 결정한 시집답게 시인의 내면세계에 내재되어 있는 삶의 애환을 고스란히 담고자 노력한 흔적이 매우 강렬하게 나타난다. 늙어가면서 피할 수 없는 생태적 현상인 '건망증' 에 시적인 포커스를 맞추고 사랑하는 마음을 담아 잔잔하게 동행하는 심상이 매우 고결하고 아름답게 다가온다. 어쩌면 인생항로에서 수시로 접하게 되는 어두운 터널을 담담하게 벗어나는 삶의 지혜를 엿봤다고나 할까. "몸이 마음의 집인 걸 모르고/ 서로를 겉돌던 시절을 거쳐// 뜻밖의 만남에서 뜻을 읽고/ 헤매는 틈틈이 길을 익혔음" 을 편안하게 술회하면서 "건망증이 품은 바 없는 나이테에/ 보기 드문 겨우살이 사랑이었" 다며 스스로의 삶을 담담하게 돌아보고 있다.

함부로 멀어진 모임을 위해
선의로 움츠린 모두를 위해

어디선가 빚어지는 웃음소리는
그윽하기 이를 데 없는 사람의 향기다.

아주 없는 것도 아니면서
영 있는 것도 아니어서

행복을 머금은 웃음꽃 피는 곳에
더불어 사는 덕목이 있다.

– 〈웃음꽃 향기〉 전문

이 시는 이번에 상재하는 이현정 시인의 열세 번째 시집 《웃음꽃 향기》의 표제시다. 재개발의 여파도 있었겠지만 가족 모두가 함께할 수 없는 산업사회의 구성원으로서 삶의 거처를 워커힐에서 홀로 강화도로 옮기게 되었고, 강화도에서 자연과 함께 생활하며 노후를 보내고 있는 이현정 시인. 특히 노인으로서 겪게 되는 독거노인의 일상과 외로움에서 출몰하는 심상을 잔잔한 필치로 써 모은 시 108편을 모았는데 무엇보다 반어적인 기법으로 아름답게 토해내는 시적 필치가 매우 긍정적이어서 가슴 시린 감동을 준다.

더욱이 코로나-19가 창궐하여 세계적인 재앙으로 자리 잡은 현실에서 누구에게나 예외 없이 겪게 되는 불안과 불편 속에 작으나마 위안을 줄 수 있는 '웃음꽃' 을 선물했다고나 할까, "어디선가 빛어지는 웃음소리는/ 그윽하기 이를 데 없는 사람의 향기"라 지칭하고 "행복을 머금은 웃음꽃 피는 곳에/ 더불어 사는 덕목이 있"음을 노래한다. 결국 사람이 살아가는 공간에서 '웃음소리' 야말로 사람 냄새 듬뿍 품은 '향기' 임을 다시금 일깨워주고 있는데, 꽃 중에서 가장 아름다운 꽃 역시 '웃음꽃' 임을 가슴 깊이 새기면서 오늘도 감내하기 힘든 고독을 시 창작으로 이겨내며 삶에 희망을 북돋우는 이현정 시인에게 힘찬 박수를 보내 드리며 한 마디 곁들여 본다.

"부디 건강관리 잘 하시고 좋은 시 창작하며 고귀하고 아름다운 삶을 엮어 가소서."

이현정 열세 번째 시집

웃음꽃 향기

•

지은이 / 이현정
발행인 / 김영란
발행처 / **한누리미디어**
디자인 / 지선숙

•

08303, 서울시 구로구 구로중앙로18길 40, 2층(구로동)
전화 / (02)379-4514, 379-4519
Fax / (02)379-4516
E-mail/hannury2003@hanmail.net

•

신고번호 / 제 25100-2016-000025호
신고연월일 / 2016. 4. 11
등록일 / 1993. 11. 4

•

초판발행일 / 2020년 11월 25일

•

•

값 12,000원

•

※잘못된 책은 바꿔드립니다.
※저자와의 협약으로 인지는 생략합니다.

•

ISBN 978-89-7969-826-8 03810